LA LÉGENDE DU CHANGELING

CHAPITRE 1

LE MAL-VENU

SCÉNARISTE
PIERRE DUBOIS

DESSINATEUR
XAVIER FOURQUEMIN

COLORISTE
SCARLETT SMULKOWSKI

LE LOMBARD

Première édition

D/2008/0086/108
ISBN 978-2-8036-2409-6

Dépôt légal : juin 2008
Imprimé en Belgique par Fleurus BD Land

LES EDITIONS DU LOMBARD
7, AVENUE PAUL-HENRI SPAAK
1060 BRUXELLES - BELGIQUE

www.lelombard.com

ON NE SAIT TROP QUAND A COMMENCÉ L'HISTOIRE DU CHANGELING. L'ENFANT CHANGÉ DE SPITAFIELD. LES CHRONIQUES DU PÂLE PAYS DES ELFES ÉVOQUENT "LE SOIR DE LA COMÈTE"... IL Y A BIEN LONGTEMPS, EN CES ÂGES VAGUES, LORSQUE FUYAIT LE TEMPS SANS TEMPS...
... LE SOIR OÙ UNE ÉTOILE, S'ÉMIETTANT DES INFINIS, ÉTAIT VENUE, NIMBÉE D'INCANDESCENCES, SEMER SES FRAGMENTS DE ROYAUME AU MILIEU D'UN CERCLE DE PIERRES.
1

PFFFFFFFFFFF
PLUS TARD, ELLE LUI FERA BON USAGE!
OUI, CAR BIENTÔT LE FLEUVE NE PORTERA QUE DES EAUX MORTES!...
2

...LES RIVIÈRES NE CHANTERONT PLUS, LA FAUNE SE CACHERA, LA FLORE SE TAIRA... BIENTÔT, LE CHAOS ET LE FER ENGLOUTIRONT NOS BIENHEUREUSES COLLINES...
IL EST TEMPS D'EFFACER NOS FRONTIÈRES ET DE REJOINDRE L'INVISIBLE.
C'ÉTAIT AU "TEMPS LONGTEMPS", QUAND LES LÉGENDES ERRAIENT PARMI LES ÉTERNITÉS.
3

LE DARTMOOR : UN PAISIBLE BOCAGE QUE LE PAYSAN, À FORCE DE TRAVAIL, A ARRACHÉ, PARCELLE PAR PARCELLE, À LA VIEILLE LANDE SAUVAGE, AUX TRAÎTRESSES TOURBIÈRES, À LA ROCAILLE.
ÇA MORD-T'Y, UNCLE COLBEY ?
PAS TROP... EH SALUT, THOMAS JOBSON ! BONNE JOURNÉE ?
JE ME SUIS ATTAQUÉ AUX RONCIERS DU "CHAMP D'EN HAUT"... PLUS ON EN ARRACHE, PLUS IL EN REPOUSSE. À CROIRE QUE C'EST LE DIABLE QUI LES A PLANTÉS... JE NE SENS PLUS MES BRAS !!
À PROPOS, FÉLICITATIONS ! J'AI APPRIS QUE TA BETTY AVAIT ACCOUCHÉ D'UN PETIT PETER. UN JOLI GARS, À C'QU'ON M'A DIT.
IL N'A QUE SIX JOURS, MAIS IL FAUT ENTENDRE COMME IL RÉCLAME SA TÉTÉE !
TOUT COMME SON PÈRE, QUOI.
AH AH ! ALLEZ, LA BONNE SOIRÉE ET PRENDS GARDE À NE PAS TE LAISSER ENTRAÎNER AU FOND PAR UN BROCHET.
4

PAPA !
HELLO, SHEELA ! MA JOLIE REINE DES PRÉS. ON DIRAIT QUE LE SOLEIL A LAISSÉ SES RAYONS SUR TES TACHES DE ROUSSEUR. AS-TU RENTRÉ LES MOUTONS ?
HI
HI
PAS DU TOUT, J'AI LAISSÉ LA PORTE OUVERTE AU LOUP !
PETITE MENTEUSE... VEUX-TU BIEN CONDUIRE LA JUMENT À L'ÉCURIE ET LUI DONNER À BOIRE ! JE SUIS ÉREINTÉ...
♫ "HUSH A BY, BABY ♪ ON THE TREE TOP, WHEN THE WIND BLOWS...
...THE CRADLE WILL ♪ ROCK"...♫ OH BÉBÉ ! REGARDE QUI VIENT LÀ.
FAIS RISETTE À TON PAPA.
LE SQUIRE INGOLSBY, POUR LA NAISSANCE DE PETER, A FAIT PORTER UN CRUCHON DE CIDRE, DU FROMAGE ET DU JAMBON.
MAÎTRE INGOLSBY EST UN BRAVE HOMME !
J'ESPÈRE QUE SON FILS SUIVRA L'EXEMPLE DU PÈRE.
HÉLAS, J'EN DOUTE FORT, C'EST UN MAUDIT VAURIEN : JOUEUR ET COUREUR DE JUPONS.
TU DEVRAIS ALLER TE LAVER, ON VA BIENTÔT SOUPER. QU'AS-TU FAIT À TES BRAS ? ON DIRAIT QUE TU T'ES BATTU AVEC UNE ARMÉE DE BÊTES À CROCHETS.
C'EST PRESQUE ÇA, CHÉRIE, C'EST PRESQUE ÇA !
5

ET LA SOIRÉE SE FIT DOUCE AU COEUR DU FOYER DES JOBSON, À BUCKLAND-IN-THE-MOORE, AU MILIEU DES COLLINES ASSOUPIES...
6

"JUIN, MOIS DES FENAISONS, AIGUISE TA FAUX, COMPAGNON."
JE TE CONFIE CE BÉBÉ, SHEELA, JE VAIS AIDER TON PÈRE. PRENDS GARDE AU SOLEIL, RESTEZ BIEN À L'OMBRE, QU'IL NE PRENNE PAS LE CHAUD !...
...ET S'IL PLEURE, RAFRAÎCHIS-LE!
TU VAS VOIR, PETER, JE CONNAIS UN ENDROIT PARFAIT POUR SE PROTÉGER DU SOLEIL!
LÀ...ON SERA BIEN, ICI !
"WHEN THE BOUGH BREAKS THE CRADLE WILL FALL ♫ DOWN WILL COME BABY CRADLE AND ALL ♫
FAIS DODO, PETIT FRÈRE. SHEELA VEILLE SUR T...
OH!!
ATTENDS-MOI, JOLI PAPILLON!
HI HI HI... JE VAIS T'ATTRAPER.
7

REGARDE, PETER,... JE N'AI PAS RÉUSSI À ATTRAPER LE JOLI PAPILLON MAIS JE TE RAMÈNE DES FLEURS POUR DÉCORER TON BER...
!?
P... PETER?
PAPA!!
MAMAN!!
SHEELA!... QUE SE PASSE-T-IL?
C'EST PETER...
IL A DISPARU.
QUOI!!
QU'AS-TU FAIT!! QU'AS-TU FAIT!?
RIEN... RIEN, JE... JE L'AI LAISSÉ RIEN QU'UN MOMENT, JUSTE LE TEMPS DE CUEILLIR DES FLE...
SALE PETITE MORVEUSE!
MON BÉBÉ!...
JE VAIS TE...
ARRÊTE! ON VA LE RETROUVER!
8

C'EST PEUT-ÊTRE UN VAGABOND!
OU UN BOHÉMIEN.
ON VA FOUILLER LE BOIS, IL NE PEUT PAS ÊTRE LOIN!!
SHEELA... C'EST LÀ QUE TU L'AVAIS MIS À L'OMBRE, SOUS CET AUBÉPIN ?
O... OUI !
?
MAIS C'EST L'ARBRE DES FÉES, MISÉRABLE SOTTE! L'ARBRE SACRÉ DES FÉES!... CE SONT ELLES QUI L'ONT ENLEVÉ!!
ON NE LE RETROUVERA JAMAIS !
NE DIS PAS DE BÊTISES!
KATHY, JAY, OCCUPEZ-VOUS D'ELLE... TOMMY, ON VA BATTRE CE TAILLIS.
9

TOUT LE JOUR JUSQU'AU SOIR, ILS ONT FOUILLÉ LES BOIS, LES BUISSONS, LES BORDS DE RIVIÈRE...
...TOUTE LA NUIT, EN VAIN, ILS ONT PARCOURU LA LANDE...
TOUJOURS RIEN, THOMAS!..
...JE CROIS QU'IL EST INUTILE DE POURSUIVRE PLUS LOIN NOS RECHERCHES, LE MOOR EST TROP DANGEREUX À CETTE HEURE, ON RISQUE DE S'ÉGARER DANS UNE VASIÈRE.
...NOUS CONTINUERONS DEMAIN!
P'TÊTRE QUE LA BETTY N'A PAS TORT!
QUE VEUX-TU DIRE?
...MA FOI... QUE C'EST LES FAIRIES QUI L'ONT VOLÉ...
NE ME DIS RIEN! ...
...JE SAIS QU'IL EST MAINTENANT DE L'AUTRE CÔTÉ, DANS LE PAYS BLAFARD DES FÉES...
ET C'EST LA FAUTE DE CETTE SALE PETITE SORCIÈRE!
L'EUR SANG COULE DANS SES VEINES...
...SA CHEVELURE EST DE LA MÊME COULEUR QUE LES LEURS!
10

ON REPRIT LES RECHERCHES TROIS JOURS DURANT... VAINEMENT... ALORS, UNE NUIT, EN LUNE SOUVERAINE...
...MÈRE DES FÉES, SI J'AI FAUTÉ ENVERS TOI, JE M'EN REPENS.
AUBÉPINE, AUBÉPINE...
PAR CES SEPT RUBANS...
...CES HERBES DE SAINT JEAN...
...CES SEPT GOUTTES DE SANG...
...RENDS-MOI MON ENFANT,
...JE ME VOUE À TON CULTE ET T'IMPLORE, MÈRE SACRÉE DES FÉES...
11

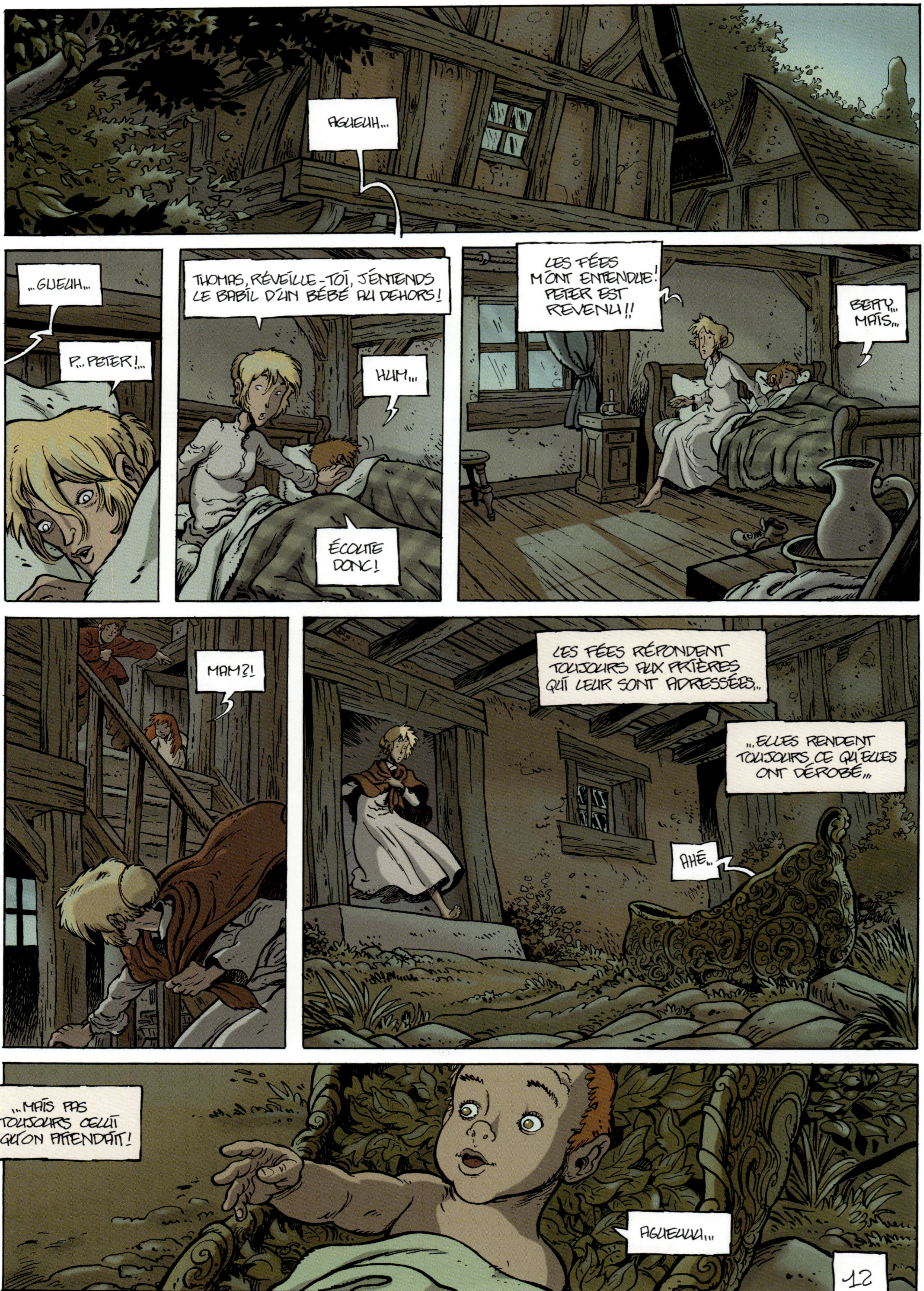
AGUEUH...
...GUEUH...
P... PETER!...
THOMAS, RÉVEILLE-TOI, J'ENTENDS LE BABIL D'UN BÉBÉ AU DEHORS!
HUM...
ÉCOUTE DONC!
LES FÉES M'ONT ENTENDUE! PETER EST REVENU!!
BETTY... MAIS...
MAM?!
LES FÉES RÉPONDENT TOUJOURS AUX PRIÈRES QUI LEUR SONT ADRESSÉES...
...ELLES RENDENT TOUJOURS CE QU'ELLES ONT DÉROBÉ...
AHÉ...
...MAIS PAS TOUJOURS CELUI QU'ON ATTENDAIT!
AGUEUUH...
12

PETER, MON PETER, J'AVAIS SI PEUR DE NE JAMAIS TE REVOIR !
CE N'EST PAS PETER, BETTY, TU LE SAIS BIEN. CELUI-CI A LES YEUX VERTS ET ILS NE SE RESSEMBLENT PAS !!
TAIS-TOI, NE DIS PAS CELA, LES FÉES ME L'ONT RAMENÉ !
OU LES BOHÉMIENS...
...CE SERAIT PLUS PRUDENT DE LEUR RENDRE !
C'EST MON ENFANT. REGARDE, SHEELA, C'EST TON PETIT FRÈRE, IL BOIT MON LAIT.
ON DIRAIT QU'IL A DES FEUX FOLLETS DANS LES YEUX !
QUE VONT DIRE LES GENS DU VILLAGE ? J'ENTENDS DÉJÀ LES COMMÉRAGES.
ILS N'ONT PAS À SAVOIR !
SOIT... MAIS IL NE SERA PAS BAPTISÉ, LE PASTEUR NE VOUDRA PAS, ET PUIS...
...ON NE SAIT JAMAIS !!
13

LES SAISONS PASSENT... DU BOURGEON À LA FLEUR...
...DE LA CERISE À LA POMME...
...DE LA FEUILLE AUX VENTS...
...ET AU TEMPS DES FLOCONS.
ON VIEILLIT, ON GRANDIT... L'ENFANT AUSSI.
SCRUBBY!! SCRUBBY!!
OÙ EST-IL ENCORE PASSÉ, CELUI-LÀ?
IL ME RENDRA FOLLE, IL ME FERA MOURIR!
14

COMME TOUJOURS, SCRUBBY VAGABONDE.
IL SE PLAÎT DANS LES BOIS, IL SE PLAÎT DANS LA LANDE.
ON DIT QU'IL CHARME LES BÊTES ET LES OISEAUX.
L'ÉCUREUIL SE POSE SUR SON ÉPAULE ET LE RENARD MANGE DANS SA MAIN.
AU FEUILLAGE, À L'HERBE, AU ROCHER IL SE CONFOND ET LES BRANCHES DES ARBRES TENDENT SOUS SES PAS COMME UN CHEMIN...
SHEELA!
SCRUBBY! TU M'AS FAIT PEUR, VILAIN CHENAPAN. ENCORE À COURIR LES BOIS?
COMME TOI... JE ME SENS MIEUX ICI QU'À LA MAISON!
POURQUOI MAMAN NE M'AIME PAS? TU LE SAIS, TOI?
15

IL Y A DES FOIS, ELLE ME COUVRE DE BAISERS ET ME SERRE DANS SES BRAS À M'ÉTOUFFER ET D'AUTRES FOIS, ELLE ME REGARDE COMME SI JE LUI FAISAIS HORREUR !
BAH, IL NE FAUT PAS LUI EN VOULOIR... ELLE T'AIME À SA FAÇON, ELLE A SON CARACTÈRE... COMME TU AS LE TIEN...
... PETIT DIABLOTIN !
HI HI HI
DIS DONC, QU'EST-CE QUE TU CUEILLES, LÀ ?
CE SONT DES SIMPLES !
CES ESPRITS DES FLEURS ET DES PLANTES OFFRENT LEURS BIENFAITS À CEUX QUI ÉCOUTENT LEURS SECRETS...
... L'INFUSION DE LIERRE GUÉRIT LES RHUMES !...
... LA VÉRONIQUE PETIT-CHÊNE, AVEC SES JOLIS PÉTALES BLEUS, CICATRISE LES PLAIES...
... LES FEUILLES FROISSÉES DU SUREAU CALMENT LES PIQÛRES DE GUÊPES...
... LA SÈVE ROUSSE DE LA CHÉLIDOINE ENLÈVE LES VERRUES.
ET CELLE-CI QUI SENT SI BON ?
C'EST L'ASPÉRULE ODORANTE : ELLE AIDE À DORMIR, À FAIRE DE BEAUX RÊVES ET LES FÉES S'EN SERVENT POUR PARFUMER LEUR VIN DE MAI...
ET LES MYRTILLES DONT TU TE GOINFRES AIGUISENT LE REGARD !
C'EST DONC POUR ÇA QU'IL N'Y A PAS MEILLEUR QUE MOI À LA FRONDE !!
OÙ VAS-TU COMME CELA ?
SIFFLER AU SOMMET DE HOUND TOR, QUAND JE SIFFLE TOUT EN HAUT, LE VENT ME RÉPOND !
16

HUMF...
17

SALUT LE VENT! SALUT LES PONEYS, LA BRUYÈRE, L'ALOUETTE ET AUSSI TOUS CEUX QUI NE SE MONTRENT PAS!
FUUUUIIIIIIIIIIIIIIIIIIII
FUUUUUUIIIIIIIIIIIIIIIIIIIIIIIIII...
?!
SALUT!
OUHOU... SAPERLOTTE! MAIS...
...IL ME SINGE, IL M'IMITE... CETTE ESPÈCE DE REFLET EST EN TRAIN DE ME NARGUER!
ESSAYE UN PEU CEC...
?!
J'EN AURAI LE COEUR NET!
18

TU PEUX ESSAYER DE T'ÉCHAPPER...
... JE TE RATTRAPERAI!
?!
LE WISTMAN'S WOOD!!
LE WISTMAN'S WOOD, LE BOIS DE TOUS LES SORTILÈGES, ON LUI A CENT FOIS RÉPÉTÉ QU'IL NE FAUT PAS Y PÉNÉTRER...
...C'EST LE DOMAINE ENCHANTÉ DE L'HOMME VERT OU CHASSEUR SAUVAGE. LES PIXIES VIENNENT Y DANSER EN COMPAGNIE DES SORCIÈRES ET DES FÉES.
19

TU TE CROIS MALIN, MAIS TU NE M'ÉCHAPPERAS PAS!
DISPARU!!...
APRÈS QUI COURS-TU AINSI COMME UN FOU?
TU ES BIEN PETIT POUR FAIRE TANT DE BRUIT!... TU VAS EFFRAYER LA FAUNE ET TROUBLER LA PAIX DE CE LIEU SACRÉ!!
JE COURAIS APRÈS... EUH APRÈS...
UNE OMBRE SANS DOUTE. TU SAIS QU'IL N'EST PAS PRUDENT DE TRAÎNER PAR ICI.
VOUS... VOUS ÊTES LE CHASSEUR SAUVAGE?
20

LE CHASSEUR SAUVAGE, L'HOMME VERT... MERLIN.. OU UN VIEIL ERMITE LASSÉ DE LA COMPAGNIE DES HOMMES...
...PEUT-ÊTRE TOUT CELA À LA FOIS ! EH, EH... QUI SAIT ?
ET TOI, QUI ES-TU ?
MON NOM EST PETER, MAIS TOUT LE MONDE M'APPELLE SCRUBBY. JE SUIS LE FILS DU FERMIER THOMAS JOBSON ET DE SA FEMME BETTY QUI M'AIME UNE FOIS SUR DEUX.
UNE FOIS SUR DEUX.. C'EST DÉJÀ BIEN !
MA SOEUR SHEELA EST TRÈS JOLIE... SES CHEVEUX SONT EN OR ET ELLE CONNAÎT LE NOM DE TOUTES LES FLEURS AINSI QUE LEURS SECRETS.
HUM.. TU M'AS L'AIR FRÉQUENTABLE... ASSIEDS-TOI DONC... C'EST MON MEILLEUR FAUTEUIL.
VOICI MON TRÔNE...
...ET MON CHÂTEAU !
UNE CAVERNE ! MAZETTE ! J'AIMERAIS BIEN HABITER DANS UNE CAVERNE !
QUELQUEFOIS, CERTAINES NUITS D'HIVER, ELLE SE TRANSFORME EN PALAIS DE CRISTAL SI LE COUCOU CHANTE À MINUIT !...
...DÉSORMAIS TU POURRAS Y VENIR À TA GUISE !
ET C'EST AINSI QUE LE VIEUX DU WISTMAN'S WOOD ET SCRUBBY DEVINRENT AMIS.
21

TU ARRIVES BIEN TARD, SCRUBBY, TA SOUPE EST FROIDE.
D'MANDE PARDON...
... ME SUIS PERDU EN CHEMIN.
OÙ ES-TU ENCORE ALLÉ ? JE T'AI APPELÉ PARTOUT !
J'ÉTAIS DANS LE BOIS DES FÉES !
COMMENT !!
POURQUOI, POURQUOI DIS-TU ÇA !?
CLAC
CALME-TOI, TU VOIS BIEN QU'IL DIT DES BÊTISES !
POURQUOI IL A DIT ÇA ?
VA TE COUCHER... SCRUBBY !
22

CHAQUE JOUR, EN CACHETTE, SCRUBBY RETOURNA VOIR LE VIEUX DU WISTMAN'S WOOD.
... JADIS, AU COMMENCEMENT, LES DIEUX ONT RÊVÉ D'UN MONDE...
...SUR TERRE ILS ONT ENVOYÉ LES GÉANTS POUR FAIRE LE GROS OEUVRE, ÉBAUCHER LES MONTAGNES, CREUSER LES VALLÉES QUE LES NAINS, PLUS TARD, ONT SCULPTÉES ET ENRICHIES DE MINERAIS DE TOUTES SORTES...
... PUIS LES ELFES ONT AMENÉ L'OMBRE, LA LUMIÈRE ET LA BEAUTÉ DES CHOSES QUE LES FÉES SONT VENUES FLEURIR, PARFUMER, ÉPANOUIR...
...EN CE TEMPS DE L'ÂGE D'OR, TOUT ÉTAIT HARMONIE.
MAIS LES DRAGONS, LES OGRES ET LES TROLLS À TROIS TÊTES?
LES DAYMONS, LES ELFES NOIRS... LES ÊTRES DE L'OBSCUR, CERTES, MAIS IL N'EST PAS L'HEURE DE LES ÉVOQUER, SCRUBBY.
PARLONS D'ABORD DES HOMMES... ILS SONT ARRIVÉS S'INSTALLER SUR LES TERRES DES BIENHEUREUX ROYAUMES. AU DÉBUT, LES FÉES LEUR ONT OUVERT LEURS RICHESSES, OFFERT LEURS CONNAISSANCES...
...MAIS LES HOMMES VOULAIENT TOUJOURS PLUS... PLUS DE TERRAIN, PLUS DE BLÉ, PLUS D'OR... L'ALLIANCE FUT ROMPUE...
"PRENEZ GARDE, ÉPI PAR ÉPI, NOUS VOUS AVONS ENRICHIS, GERBE PAR GERBE NOUS POURRIONS VOUS RUINER", A MENACÉ ALORS LE PEUPLE DE FÉERIE EN SE RETIRANT DANS L'AUTRE MONDE.
OÙ EST-CE, L'AUTRE MONDE?
TRÈS LOIN ET TOUT PRÈS À LA FOIS... AU-DELÀ DES MERS, DES SEPT CIELS ET DES MURAILLES DE GLACE... ET AUSSI À TROIS PAS... CELA DÉPEND DE TOI...
... ET DE CE QUI SE PASSE ICI!
REGARDE AUTOUR DE TOI, SCRUBBY... REGARDE AU-DESSUS DE TON REGARD ET TU LE VERRAS...
...IL EST LÀ AUTOUR DE NOUS!
23

DANS LES ARBRES VIVENT LES DRYADES, LES HAMADRYADES, MAMA PADURI, ET DANS LE FEUILLAGE, S'ÉGARE LA CHEVELURE DE GUILLEDOUCE... ET RÈGNE JACK IN THE GREEN !..
...SOUS LES EAUX DES RIVIÈRES ET DES MARES NAGENT LES ONDINES, JENNY GREENTEETH, SHELLYCOAT ET MARIE GROËTTE...
...AU FOND DES MINES, SOUS LA TERRE, S'ACTIVENT LES KNOCKERS, LES PEGHTS, LES GWARCHELLES...
...AUTOUR DES ROCHES LEVÉES DU MOOR, DANS CHAQUE PIERRE, IL Y A LES PIXIES, LES LEPRECHAWNS, LES FUATHS, LES TROWS...
24

...DANS LES JARDINS, LES PIOT-CHANS, LES MANNIKINS...
...SUR LES COLLINES, LES HOBGOBLINS, LES FIR DARRIGS... LES SITHS...
... L'ESPRIT DE PUCK TOURBILLONNE DANS L'AIR QUE TU RESPIRES...
UN SAGE A DIT: "LES PETITS ÊTRES FUYANTS ET CACHÉS OUBLIENT DE FUIR LORSQU'ON LES APPELLE PAR LEUR VRAI NOM".
LA NATURE EST VIVANTE. OÙ QUE TU SOIS, SCRUBBY, NE L'OUBLIE PAS, LES ESPRITS Y DEMEURENT. FAIS ALLIANCE AVEC EUX ET TU NE SERAS JAMAIS SEUL, TOUJOURS ILS T'AIDERONT.
25

AINSI, LORSQU'IL RENTRAIT LE SOIR AU COTTAGE, LE COEUR PLEIN D'ENCHANTEMENT, SCRUBBY AVAIT L'IMPRESSION QUE LE PETIT PEUPLE DES FÉES LE SUIVAIT PAS À PAS.
?
ON DIRAIT LE CHANT D'UNE FLÛTE !
DES RIRES...
HI HI
HI HI
ET... ET ÇA... C'EST...
SHEELA !
26

SHEELA!
HÉ SHEELA, JE...
SCRUBBY, QUE FAIS-TU PAR ICI, TU ME CHERCHAIS?
?!
JE... JE T'AI VUE DANSER AVEC LES...
JE DANSAIS TOUTE SEULE, SCRUBBY! QU'AS-TU VU D'AUTRE ?
J'AI VU... JE NE SAIS... J'AI CRU VOIR...
TU SAIS, DANS LES BOIS, LA LUMIÈRE DU CRÉPUSCULE SE PLAÎT À CRÉER DES ILLUSIONS...
... À FAIRE CROIRE AUX MIRAGES!
27

LE TEMPS PASSE ET SE DÉLABRE, LES BEAUX JOURS S'EFFRITENT. PLUSIEURS MAUVAISES SAISONS ONT POURRI LES RÉCOLTES, L'OMBRE DE LA MISÈRE FAUCHE AVEUGLÉMENT À TRAVERS CHAMPS.
REGARDE ÇA, THOMAS...
...LE GRAIN A NOIRCI DANS SA COSSE !
TOUT LE BLÉ EST FOUTU !... C'EST COMME UNE MALÉDICTION !
SALUT, THOMAS... COLBEY...
SALUT, HARRY, JENNY... LES ENFANTS... ALORS VOUS PARTEZ...
VOUS ALLEZ SUR LONDRES ?
COMME LES AUTRES, THOMAS... Y A PAS LE CHOIX... PLUS DE SAISONS, PLUS DE MOISSON, PLUS DE TRAVAIL, PLUS DE PAIN POUR NOURRIR LES GOSSES !!
ON DIT QUE C'EST LÀ-BAS QU'EST L'AVENIR. QUE POUR LES BRAS COURAGEUX, LE TRAVAIL NE MANQUE PAS !
BONNE CHANCE !
BON, Y A PLUS RIEN À FAIRE ICI... RENTRONS !
28

QU'EST-CE QUI SE PASSE ?
ENCORE CES TYPES DE LA VILLE !
METS LA GOMME, OLD NICK !... SI TU ME CHERCHES, JE SERAI AU KING'S HEAD.
O.K., C'EST PARTI !
J'ENGAGE !!!...
...J'ENGAGE ! QUI D'ENTRE VOUS DÉSIRE FAIRE FORTUNE ? QUI VEUT TENTER SA CHANCE DANS LA GRANDE CITÉ... LA CITÉ DE L'AVENIR ?
J'ENGAGE LES COURAGEUX ! LA CAMPAGNE EST MORTE, LA VILLE ATTEND CEUX QUI VEULENT RÉUSSIR. IL Y A DU MINERAI À EXTRAIRE, DES USINES À CONSTRUIRE, DES MACHINES À FAIRE TOURNER... IL Y A DU TRAVAIL POUR TOUS !...
MÊME POUR UN PETIT FUTÉ COMME TOI...
...CE SHILLING SERA UN JOUR POUR TOI !
ET POUR CETTE FILLETTE À LA JOLIE FRIMOUSSE... LES FILATURES RÉCLAMENT DES DOIGTS DE FÉE...
J'ENGAGE ! J'ENG...
BLAM
29

QU'EST-CE QUE C'ÉTAIT ?
UN COUP DE FEU !
ÇA VENAIT DU "KING'S HEAD" !!
KING'S HEAD
PARTRIDGE !... HÉ, PARTRIDGE, TU VOIS QUELQUE CHOSE ?
BON SANG !... ON DIRAIT LE FILS DU DÉFUNT SQUIRE INGOLSBY !
CE DÉBAUCHÉ ? QU'A-T-IL ENCORE FAIT ? DEPUIS QU'IL EST LE MAÎTRE, IL DILAPIDE SON HÉRITAGE AU JEU !
EH BIEN, CETTE FOIS, M'EST AVIS QU'IL A TOUT PERDU !
C'EST... C'EST COMME...
... UNE MALÉDICTION !
30

EN PERDANT CETTE MAISON, EN PERDANT CES LIEUX, C'EST MON ÂME QUE JE PERDS, THOMAS!
JE SAIS, MA PAUVRE BETTY... MAIS LE NOUVEAU PROPRIÉTAIRE N'A RIEN VOULU ENTENDRE...
J'AI TOUT ESSAYÉ MAIS IL A UNE PIERRE EN GUISE DE COEUR!
IL VEUT TOUT VENDRE. BIENTÔT IL NE RESTERA PLUS RIEN DE CETTE CAMPAGNE... QUE LA RONCE ET LA LANDE.
AU FAIT, OÙ EST ALLÉ SCRUBBY? IL EN AVAIT SOI-DISANT POUR UN INSTANT.
DIRE ADIEU AUX BOIS.
ADIEU DARTMOOR, ADIEU LES LANDES, LES TORS ET LES BRUYÈRES, ADIEU LES RUISSEAUX OÙ IL RÊVAIT LES PIEDS DANS L'EAU...
...ADIEU LES PRAIRIES HEUREUSES, LES BOIS, ADIEU LE VIEIL HOMME VERT... MON AMI.
AU REVOIR, SCRUBBY... NE PLEURE PAS...
31

N'OUBLIE PAS QUE LA FORÊT EST EN TOI, QUE TU EMPORTES SON ESPRIT AVEC TOI, N'OUBLIE PAS QUE MÊME EN VILLE, CE SONT LES ARBRES, CE SONT LES PIERRES DANS LESQUELLES DEMEURENT LES DIVINITÉS QUI SOUTIENNENT LES MAISONS.
TOUT CE QUE TU VOIS, TOUT CE QUE TU RESSENS ICI, SI TON ÂME LE VEUT, TU LE RETROUVERAS LÀ-BAS!
LES SENTIERS ET LES RUELLES SE CONFONDENT, LA VILLE EST UNE FORÊT ET LE VENT Y SOUFFLE LA MÊME CHANSON.
VOIS CE CORBEAU, TU LE RENCONTRERAS LÀ-BAS SUR UN TOIT...
VA... MAIS AVANT PRENDS CECI...
?
... CE N'EST QU'UN CAILLOU ATTACHÉ À UN LACET DE CUIR, MAIS IL TE RAPPELLERA CE DONT TU DOIS TE SOUVENIR.
32

SCRUBBY...
QU'EST-CE QUE TU FAIS ?
RIEN.
ALORS VIENS TE COUCHER, TU VAS ATTRAPER LA MORT !
33

C'EST LÀ QUE NOUS ALLONS?...
OUI, MA BETTY...
... C'EST LONDRES!
L'EAST END: HOUNDSTICK, BETHNAL GREEN, SHOREDITCH, SPITALFIELDS... WHITECHAPEL... LES CITADELLES DE LA MISÈRE.
TOUT LE LONG DES EAUX NOIRES DE LA TAMISE S'ÉTENDENT LES RUELLES DE L'ABÎME...
...ON Y VOLE, ON Y VIOLE, ON Y TUE, ON Y APPREND TOUTES LES FORMES DU VICE ET DU DÉSESPOIR.
ON MEURT DE FROID, DE FAIM OU ÉTOUFFÉ PAR LES MIASMES PERNICIEUX DU SMOG...
...C'EST ICI, DANS UN TAUDIS PERDU DU CÔTÉ DE BUCK'S ROW, QU'ONT ÉCHOUÉ LES RÊVES ET LES ESPOIRS DE LA FAMILLE JOBSON.
34

CHAQUE MATIN AVANT L'AUBE, THOMAS VA POUR QUELQUES PENCE S'ÉREINTER AUX ACIÉRIES... SHEELA À L'USINE DE CARTON.
QUANT À SCRUBBY...
...IL EST ENTRÉ DANS CE LABYRINTHE RUINÉ COMME ON ENTRE EN FORÊT!
"ON DOIT SE FIER À LA PETITE LUEUR QUI VAGABONDE EN SOI POUR FAIRE ALLIANCE AVEC L'ESPRIT DES LIEUX", LUI AVAIT DIT L'ERMITE DU WISTMAN'S WOOD...
QUEL QUE SOIT LE LIEU, AUSSI DÉSENCHANTÉ QU'IL PARAISSE... UN ESPRIT TOUJOURS Y DEMEURE.
IL EXPLORE LES BAS-FONDS, LES COURÉES, LES VENELLES, LES ÉGOUTS COMME IL S'ENFONÇAIT NAGUÈRE AU PLUS PROFOND DES BOIS...
IL ESCALADE LES TOITS COMME HIER LES ARBRES.
IL CÔTOIE LA FAUNE DE TOUT POIL...
...ET LA FLORE DES PALISSADES.
POUR TOUS, IL EST DÉSORMAIS LE LUTIN DES RIGOLES.
?
OÙ VAS-TU COMME ÇA, SCRUBBY?
35

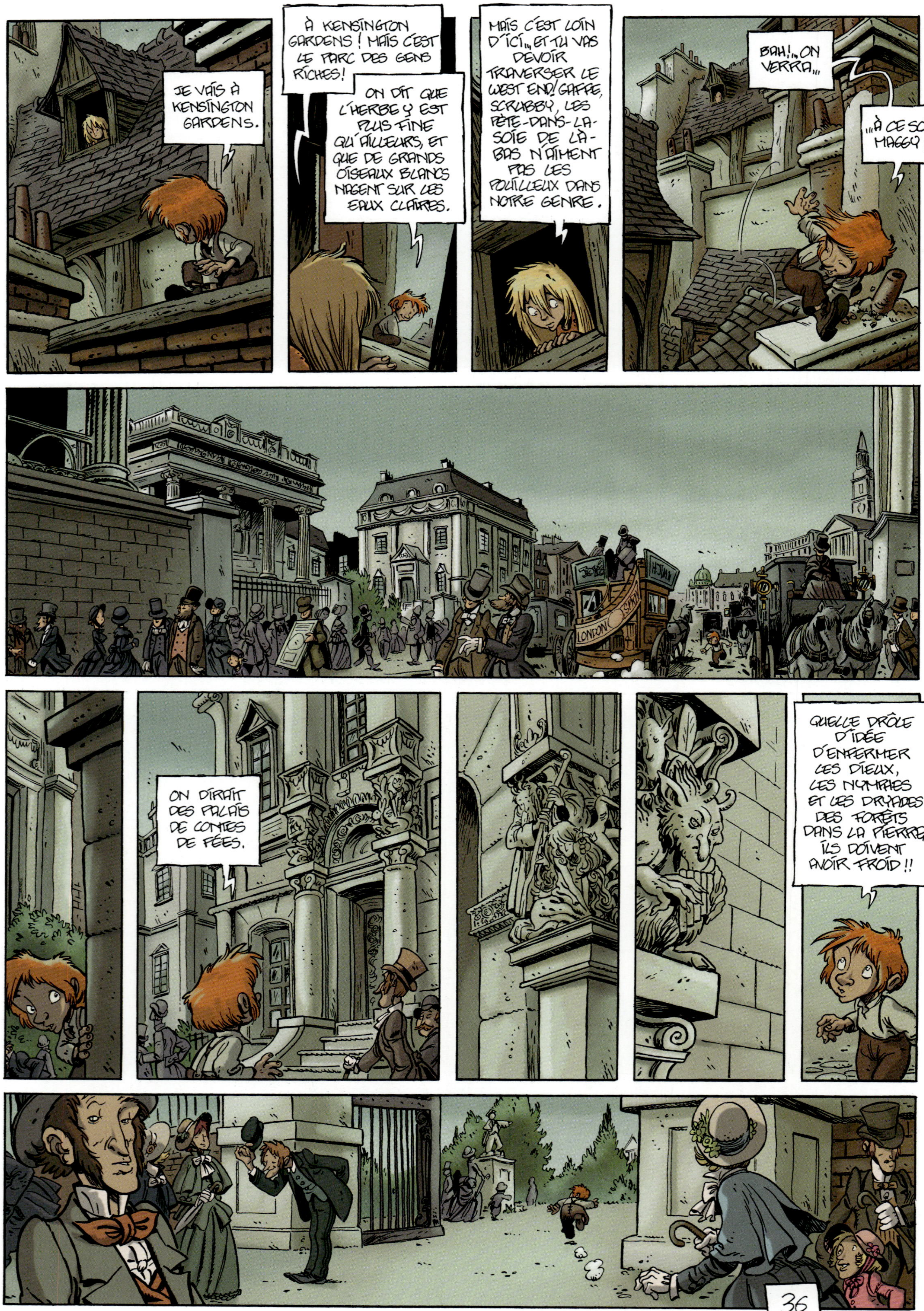
JE VAIS À KENSINGTON GARDENS.
À KENSINGTON GARDENS ! MAIS C'EST LE PARC DES GENS RICHES !
ON DIT QUE L'HERBE Y EST PLUS FINE QU'AILLEURS, ET QUE DE GRANDS OISEAUX BLANCS NAGENT SUR LES EAUX CLAIRES.
MAIS C'EST LOIN D'ICI... ET TU VAS DEVOIR TRAVERSER LE WEST END ! GAFFE, SCRUBBY, LES PÈTE-DANS-LA-SOIE DE LÀ-BAS N'AIMENT PAS LES POUILLEUX DANS NOTRE GENRE.
BAH !... ON VERRA...
...À CE SOIR, MAGGY !
LONDON
ON DIRAIT DES PALAIS DE CONTES DE FÉES.
QUELLE DRÔLE D'IDÉE D'ENFERMER LES DIEUX, LES NYMPHES ET LES DRYADES DES FORÊTS DANS LA PIERRE... ILS DOIVENT AVOIR FROID !!
36

CETTE DÉLICIEUSE RIVIÈRE SE NOMME LA SERPENTINE...
... ET L'ÎLE QUE TU VOIS LÀ-BAS, C'EST L'ÎLE AUX FÉES !
VRAI ?! L'ÎLE AUX FÉES... C'EST LÀ QU'ELLES HABITENT !?
ALLEZ-VOUS-EN !! ON NE PARLE PAS AUX VAURIENS DÉPENAILLÉS !
LE PARC EST INTERDIT AUX MENDIANTS !
ET PAS AUX VIEILLES TAUPES QUI ABÎMENT LE GAZON ?
OH !
HI, HI !
37
TIENS TIENS !

L'ÎLE AUX FÉES !..
LE VIEUX DES BOIS DISAIT TOUJOURS : "LORSQUE TU PÉNÈTRES DANS UN LIEU SACRÉ, IL FAUT TE DÉCHAUSSER... POSER SUR TA TÊTE UNE GUIRLANDE DE FEUILLAGE...
...ET SALUER L'ESPRIT."
GOD SPEED YE... À TOUTES CELLES ET TOUS CEUX D'ICI.
38

QUE VIENS-TU FAIRE ICI, GAMIN ?
?
CE... CE VIEUX DU WIST...
COMMENT ÇA, CE VIEUX ! C'EST AINSI QU'ON S'ADRESSE AUX PERSONNES D'UN ÂGE VÉNÉRABLE ? UN PEU DE RESPECT, BLANC-BEC OU MON NON MOINS VÉNÉRABLE PIED VA TE BOTTER LES FESSES !
NON MAIS !!
EXCUSEZ-MOI, SIR... JE...
HMM... SIR, C'EST DÉJÀ MIEUX... MAIS TU SAIS QU'IL EST INTERDIT DE VENIR FOUINER PAR ICI. SI LES GARDIENS TE CHOPPAIENT, ILS T'EMMÈNERAIENT FISSA AU POSTE ET, CROIS-MOI, LES BOBBIES NE SONT PAS TENDRES AVEC LES VAURIENS DE TON ESPÈCE !
JE NE SUIS PAS UN VAURIEN !
TOUT DOUX, IRASCIBLE FRELUQUET... MAIS... EN QUOI ES-TU DÉGUISÉ ?... EN PEAU-ROUGE, EN FAUNE, EN HOBGOBLIN ?
JE NE SUIS PAS DÉGUISÉ !!
D'ACCORD, D'ACCORD, SI TU LE DIS... MAIS TU AS BIEN UN NOM ?
SCRUBBY JOBSON !
39

ET VOUS, QUI ÊTES-VOUS DONC POUR VOUS APPROPRIER CET ENDROIT SI SURVEILLÉ, CAR JE SUPPOSE QUE SI LES BOBBIES VOUS ÉPINGLAIENT, TOUT AUSSI "VÉNÉRABLE SIR" QUE VOUS ÊTES, VOUS NE COUPERIEZ PAS À LA TAULE NON PLUS.
HI, HI, TU ME PLAIS, MOUSTIQUE ! ET SI TU N'ÉTAIS PAS UN MOUTARD, C'EST AVEC PLAISIR QUE JE PARTAGERAIS CE TORD-BOYAUX AVEC TOI !...
GLUP
...À LA TIENNE !
POUR TA GOUVERNE, HIPS !... SACHE QUE LONDRES M'APPARTIENT, QU'AUCUNE PORTE, JARDIN, PALAIS NE M'EST FERMÉ... BURP !...
JE JOUE AUX BILLES AVEC LES JOYAUX DE LA COURONNE... ALORS QU'EN DIS-TU ?
JE DIS "BIENHEUREUX LES FOUS DONT L'ESPRIT TRAVERSE LES MURAILLES !"
HUMM... JOLIE FORMULE !... OÙ L'AS-TU CHAPARDÉE ?
À UN VIEUX BONHOMME AU MILIEU DES BOIS !
BEL ESPRIT QUE CE VIEUX BONHOMME-LÀ !... ALLONS, SUIS-MOI.
VOIS-TU, LORSQUE J'EN AI ASSEZ DES BANQUETS DE BUCKINGHAM PALACE OU D'EMPRUNTER QUELQUES CHAPELETS DE SAUCISSES, DES TOURTES À LA VIANDE AUX ÉTALS DE SMITHFIELD MARKET...
...QUE LES RAGOÛTS DE CHAT ET LES BROCHETTES DE RATS M'ALOURDISSENT L'ESTOMAC...
...JE VIENS ICI FAIRE CARÊME EN PÊCHANT DEUX OU TROIS CARPES DANS CES EAUX GÉNÉREUSES OU EN GOBANT DES OEUFS DE CANARD.
ALLEZ, GAMIN, INSTALLE-TOI ET EMPLIS-TOI LA PANSE...
...ET FAISONS LA CAUSETTE.
ET PENDANT QUE SCRUBBY CONTAIT SES VAGABONDAGES PARMI LES LOINTAINES COLLINES ET LES ENSEIGNEMENTS DU SAGE DES BOIS, LA NUIT ÉTENDAIT LA MÊME VOÛTE ÉTOILÉE PAR-DESSUS LE WISTMAN'S WOOD ET L'ÎLE DE KENSINGTON GARDENS.
40

C'EST ICI QUE NOS CHEMINS SE SÉPARENT, SCRUBBY. SUIS BIEN TES PAS LÀ OÙ ILS VONT !
BONNE NUIT, SIR !
À BIENTÔT, ICI OU AILLEURS, AILLEURS OU ICI !
♪ ..."AND IT'S NO, NAY, NEVER, NO, NAY, NEVER NO MORE, WILL I PLAY THE WILD ROVER, NO, NEVER, NO MOOORE !!
TOC TOC
?
COUCOU... TU TE SOUVIENS DE MOI ?... ON S'EST CROISÉS TOUT À L'HEURE, DANS LE PARC...
BIEN SÛR, TU ÉTAIS AVEC LA VIEILLE TAUPE !
C'EST ÇA ! HI, HI !...
QUE FAIS-TU SEUL DANS LA RUE ?
JE RENTRE CHEZ MOI... DANS L'EAST END !
ATTENDS, JE VAIS TE DONNER QUELQUE CHOSE !
41

C'EST UNE ORANGE. C'EST DÉLICIEUX... ATTRAPE!
MERCI!
JE DOIS Y ALLER MAINTENANT SINON LA VIEILLE TAUPE VA ENCORE SE FÂCHER... HI, HI!
QU'AS-TU VOLÉ LÀ, MAUDIT POUILLEUX!
UNE ORANGE!
ELLE EST À MOI!... GN! ON ME L'A DONNÉE!!
TU N'AS PAS À RÔDER PAR ICI! RETOURNE DANS TON QUARTIER DE GIBIER DE POTENCE!
SCRCHL
"EST-CE UN BIEN, TANDIS QUE NOUS VIVONS LA SCIENCE, NOUS GLORIFIANT DE NOTRE TEMPS, QUE LES ENFANTS DES VILLES NOIRCISSENT ÂME ET SENS DANS LA VASE DE LA CITÉ?"
42

"...LÀ, DANS CES SOMBRES ALLÉES, LE PROGRÈS S'ARRÊTE, LES PIEDS PARALYSÉS, LE CRIME ET LA FAIM JETTENT NOS FILLES PAR MILLIERS SUR LE TROTTOIR."
T'AS ESSAYÉ DE M'ROULER, MORUE!... J'T'AVAIS AVERTIE, MARY, DE JAMAIS M'DOUBLER!!
PITIÉ, SYKES, SI TU M'TRANCHES, J'POURRAI PLUS TAPINER POUR TOI...
FAIS PAS ÇA, S'IL TE PLAÎT, SYKES...
SLAHAAA
"...LÀ LE FEU RAMPANT DE LA FIÈVRE S'ÉPAND À TRAVERS LE SOL POURRI, ET LA COUCHE SURPEUPLÉE DE L'INCESTE DANS LES GARENNES DES PAUVRES..."
OUTCH
OÙ COURS-TU SI VITE, TOI... HIN HIN... V... VIENS UN PEU PAR ICI... HIN!...
GNAC HAAA
GNN... MA MAIN!... SALE PETIT MORVEUX!... GNN...
"...EN AVANT DONC, MAIS SOUVENEZ-VOUS TOUJOURS QUE LA COURSE DU TEMPS PEUT FAIRE UNE EMBARDÉE, FAIRE UN CROCHET ET TOURNER SUR ELLE-MÊME EN DESSINANT UNE COURBE DANS LA DIRECTION D'OÙ NOUS VENONS."
ALFRED TENNYSON.
43

SCRUBBY!
MARY?!
TU REVIENS DE KENSINGTON GARDENS? TU AS VU LES GRANDS OISEAUX BLANCS?
ET PLUS ENCORE... MAIS QUE FAIS-TU ICI À CETTE HEURE? VIENS, JE VAIS TE RAMENER CHEZ TOI.
LAISSE-MOI, SCRUBBY!
POURQUOI?... QUE...
MARY!...
44

... IL FAUT À PRÉSENT FAIRE PREUVE D'ORGANISATION ET DE DÉTERMINATION. VENEZ À HYDE PARK, DANS LE RESPECT DE L'ORDRE, MAIS RÉSOLUS À PROUVER PAR VOTRE NOMBRE ET VOTRE SÉRIEUX QUE VOUS ÊTES CAPABLES DE SOUTENIR VOTRE DROIT À LA VIE EN ÉCHANGE DU TRAVAIL QUE VOUS SOUHAITEZ SI ARDEMMENT TROUVER! CAMARADES, C'EST LE MOMENT OU JAMAIS DE VOUS ORGANISER POUR UNE RÉVOLUTION SOCIALE...
...VENEZ PAR MILLIERS FAIRE LA DÉMONSTRATION DE LA FORCE DES CLASSES LABORIEUSES CONTRE CELLES QUI LES VOLENT ET LES OPPRIMENT...
... À MOINS QUE VOUS NE SOUHAITIEZ ÊTRE MAUDITS PAR VOS ENFANTS À QUI VOUS AUREZ TRANSMIS UN ESCLAVAGE PIRE QUE CELUI DONT VOUS PÂTISSEZ AUJOURD'HUI!
BIEN PENSÉ! IL A RAISON, CE JOHN BURNS! ON EN A ASSEZ DE TRIMER COMME DES BÊTES!... PENDANT QUE LES GROS S'ENRICHISSENT SUR NOT' DOS, NOUS, ON CRÈVE DE FAIM!!
ON DOIT FERMER SA GUEULE, BAISSER LA TÊTE, BOSSER ET CREVER!
C'EST DE LA FAUTE DES CADENCES INFERNALES SI PIERCE A PERDU SON BRAS... ET MAINTENANT, AVEC FEMME ET ENFANTS, ILS L'ONT FOUTU À LA RUE. ILS SE DONNENT TOUS LES DROITS!
ET LA P'TITE JANET QU'A ÉTÉ VIRÉE PARCE QU'ELLE REFUSAIT DE S'FAIRE P'LOTER PAR LE CONTREMAÎTRE!
FAUT RÉAGIR! FAUT ALLER À HYDE PARK!
OUAIS, MAIS SI ON Y VA, ON RISQUE DE PERDRE NOTRE PLACE!...
ET APRÈS! ...
... ON N'A DÉJÀ PLUS RIEN À PERDRE!!
45

DIMANCHE 13 NOVEMBRE 1887.
THE WES
THOMAS, MON THOMAS, N'Y VA PAS...
ALLONS, MA BELLE... SOIS RAISONNABLE ! JE REVIENS VITE. ATTENDEZ-MOI À LA MAISON !
TU VIENS, SCRUBBY !
EH, VISEZ-MOI ÇA ! C'EST LE CLUB DES ARISTOS !!
?
FAITES COMME MOI, LES GARS !
HAN !
46

NON, ARRÊTEZ! PAS DE PROVOCATION! ON A DIT DANS LE RESPECT DE L'ORDRE!
PAS DE VIOLENCE, ILS N'ATTENDENT QUE ÇA...
!?
SEIGNEUR!
L'AFFAIRE SEMBLE SE GÂTER, SIR. QUE FAISONS-NOUS?
CE N'EST PAS UNE POIGNÉE DE "JOUES CREUSES" QUI VA NOUS INTIMIDER! NOUS ALLONS TIRER UNE SALVE!
EN L'AIR, SIR?
MY GOD, NON!... DANS LE TAS, NOUS NE SOMMES PAS AU TIR AU PIGEON, QUE JE SACHE!
SOLDATS... EN JOUE...
47

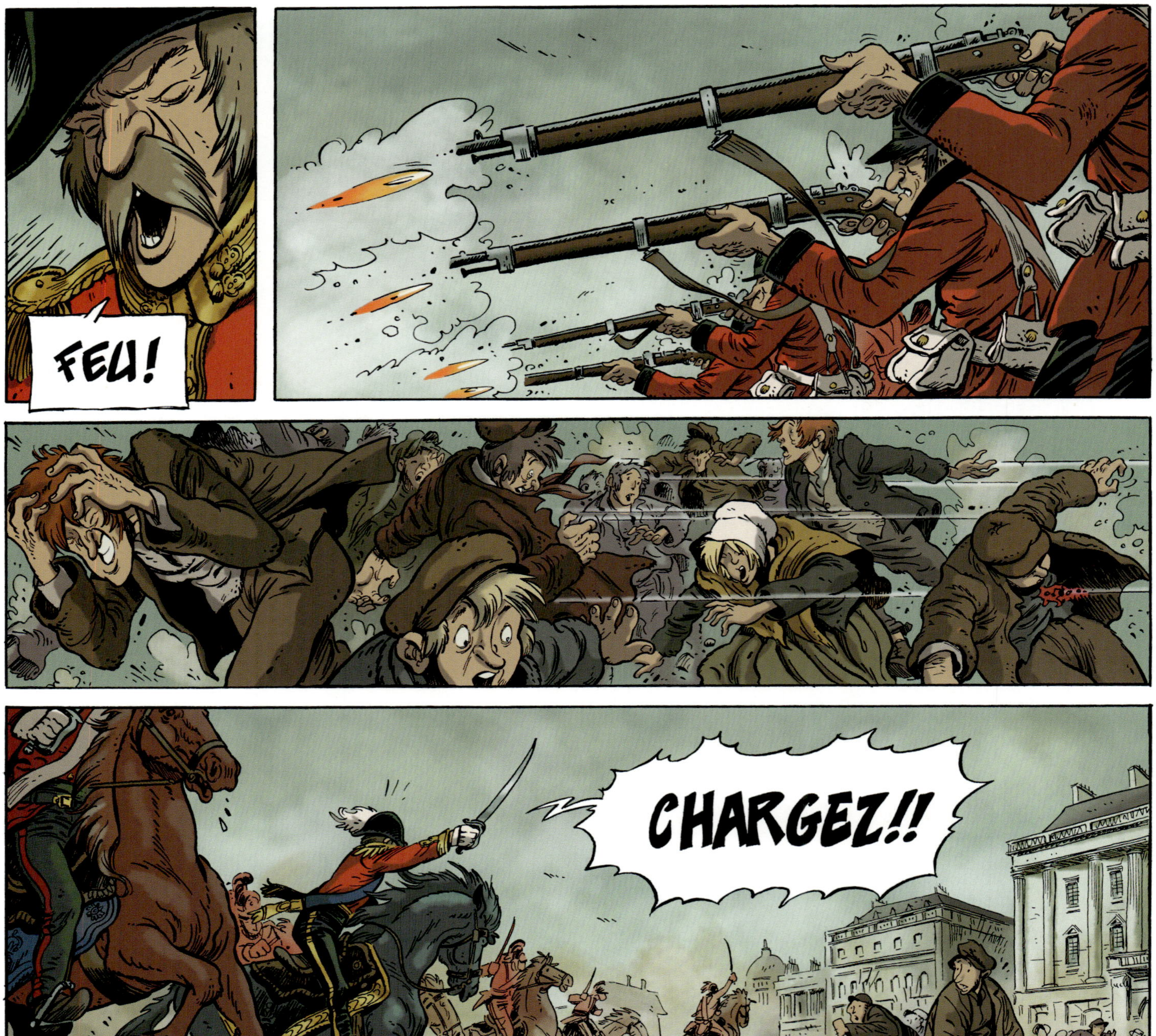

FEU!
CHARGEZ!!
EN AVANT! BALAYEZ CETTE RACAILLE!!
ALLONS-Y, GENTLEMEN! ET PAS DE QUARTIER!!
48

NON!!

SCRUBBY ?!
ATTENTION ! DERRIÈRE TOI !
?!
SCRUBBY, QU'EST-CE QUE TU FICHES ICI ?
TU DEVAIS RENTRER AVEC TA MÈRE... ALLEZ, VIENS VITE, JE TE RAMÈNE !
LÀ-BAS !... AVEC LE GAMIN, C'EST LUI ! NE LE RATE PAS !
BLAM
... PA !...
50

PAPA
PAPA...
L'HOMME AUX YEUX ROUGES, ENCORE!!...
51

52

CRO
CROA
CRO
CROA
CRO
CRO
CRO
CROA
CRO
CROA
CROAC
53

LA PORTE EST
MAINTENANT
ENTROUVERTE !
54